AF363956

VENTE SEGE

CATALOGUE

DE

Quarante-Quatre

TABLEAUX

PAR

A. SEGÉ

DONT LA VENTE AURA LIEU

HOTEL DROUOT, SALLE N° 5

Le SAMEDI 5 AVRIL 1884

A deux heures et demie

COMMISSAIRE-PRISEUR	EXPERT
Mᵉ PAUL CHEVALLIER	M. GEORGES PETIT
10, RUE DE LA GRANGE-BATELIÈRE	12, RUE GODOT-DE-MAUROY

Chez lesquels se trouve le présent Catalogue.

EXPOSITIONS

PARTICULIÈRE	PUBLIQUE
Le Jeudi 3 Avril 1884.	Le Vendredi 4 Avril 1884.

De une heure à cinq heures

DÉSIGNATION

PEINTURES

1 — *Le bourg de Saint-Alban.*

> Haut., 50 cent.; larg., 75 cent.

2 — *Avril (vallée de l'Eure).*

> Haut., 50 cent.; larg., 75 cent.

3 — *Vallée de Coubron (S.-et-O.).*

> Haut., 50 cent.; larg., 75 cent.

4 — *Les grottes de Plémont.*

Haut., 50 cent.; larg., 75 cent.

5 — *Sur le cours de la Dhuys.*

Haut., 30 cent.; larg., 45 cent.

6 — *Terrassements du fort de Vaujours.*

Haut., 30 cent.; larg., 45 cent.

7 — *Novembre à Coubron.*

Haut., 30 cent.; larg., 45 cent.

8 — *Marais dans les Montagnes d'Arrée.*

Haut., 30 cent.; larg., 45 cent.

Exposition d'Amsterdam.

9 — *Une bonne Averse.*

Haut., 30 cent.; larg., 45 cent.

10 — *Un Orage qui monte.*

> Haut., 30 cent.; larg., 45 cent.

11 — *Quatuor de boules.*

> Haut., 30 cent.; larg., 45 cent.

12 — *Les Blés mûrs.*

> Haut., 30 cent.; larg., 45 cent.

13 — *Rochers de la Lingoire.*

> Haut., 30 cent.; larg., 45 cent.

14 — *Carrières de Livry (S.-et-O.).*

> Haut., 30 cent.; larg., 45 cent.

15 — *Lisière de forêt (Compiègne).*

> Haut., 20 cent.; larg., 30 cent.

16 — *Route en construction (Vaujours).*

> Haut., 20 cent.; larg., 30 cent.

17. — *Etang des Sept-Iles.*

> Haut., 20 cent.; larg., 30 cent.

18 — *Étang de la Haute-Maison.*

> Haut., 20 cent.; larg., 30 cent.

19 — *Un Confrère.*

> Haut., 20 cent.; larg., 30 cent.

20 — *Une Mare au Pin (S.-et-O.).*

> Haut., 20 cent.; larg., 30 cent.

21 — *Temps couvert.*

> Haut., 20 cent.; larg., 30 cent.

22 — *Dans le Raincy.*

> Haut., 20 cent.; larg., 30 cent.

23 — *Les Champs de Fraisiers.*

> Haut., 20 cent.; larg., 30 cent.

24 — *Le Printemps à Coubron.*

> Haut., 20 cent.; larg., 30 cent.

25 — *Rochers du Portrieux.*

> Haut., 20 cent.; larg., 30 cent.

26 — *Dans la Creuse.*

> Haut., 20 cent.; larg., 30 cent.

27 — *Ma Vache.*

> Haut., 13 cent.; larg., 21 cent.

28 — *La Meule.*

Haut., 13 cent.; larg., 21 cent.

29 — *Ferme à Épiais.*

Haut., 13 cent.; larg., 21 cent.

30 — *Vieille charrette.*

Haut., 13 cent.; larg., 21 cent.

31 — *La Garenne-du-Moulin.*

Haut., 13 cent.; larg., 21 cent.

32 — *Le Ru de Chantereine.*

Haut., 13 cent.; larg., 21 cent.

33 — *La Tour de la Bouilli (Côtes-du-Nord).*

Haut., 13 cent.; larg., 21 cent.

34 — *Orage sur Montfermeil.*

> Haut., 13 cent.; larg., 21 cent.

35 — *Les Foins.*

> Haut., 13 cent.; larg., 21 cent.

36 — *Les Mars.*

> Haut., 13 cent.; larg., 21 cent.

37 — *Chartres (Côte de Lèves).*

> Haut., 13 cent.; larg., 21 cent.

38 — *Les travaux du Pont (Anette).*

> Haut., 13 cent.; larg., 21 cent.

39 — *Un Cirque américain.*

> Haut., 13 cent.; larg., 21 cent.

40 — *Le Parc et l'Usine.*

Haut., 13 cent.; larg., 21 cent.

41 — *Le Treuil de Bac (Anette).*

Haut., 13 cent.; larg., 21 cent.

42 — *La Côte de Beuzeval.*

Haut., 13 cent.; larg., 21 cent.

43 — *La Cabane du père Jean.*

Haut., 13 cent.; larg., 21 cent.

44 — *Dans le cap Fréhel.*

Haut., 13 cent.; larg., 21 cent.

Paris — Imprimerie René BRISSY, 9, rue de la Fidélité